Jutta Schutting Lichtungen

m. I. M.

Jutta Schutting

Lichtungen

Gedichte

Otto Müller Verlag Salzburg

ISBN 3-7013-0533-1

Gesamtherstellung: Druckhaus R. Kiesel, Salzburg

I

A.

nach Auschwitz
— sagt Adorno —
kann es kein lyrisches Gedicht mehr geben
aber wie es,
auch wenn es nach A. Kalbsschnitzel noch weniger geben kann,
weiterhin Kälber in Schlachträumen gibt
und der Vergleich „wie ein Lamm zur Schlachtbank"
    (da die Umkehrung: ein Lamm wie die Christuslämmer von A.
    und die Gleichsetzung: Christus im Kalb, das Kalb für Christus
    erst recht nicht vollzogen wird)
den Abtransport der Lämmer von der Osterwiese
das Kopfabwärts der Lämmer in der Fleischerauslage
nicht nur nicht entmöglicht,
sondern auch die Auferstehungsfahne,
dem enthäuteten Lamm in den Schlögel gerannt,
wie die Ergebenheit an den Verladerampen mitverschuldet hat,
erinnert schlimmstenfalls A. an ein Schlachthaus
    (wie ein Schokoladelamm an die Hostie),
nicht aber ein Schlachthaus an A.
    (und daher auch nicht das Blut der Kot der Kälber
    an Blut und Wasser, Kot und Tränen),
und es gäbe auch Gedichte an den Mond,
selbst wenn A. dort installiert worden wäre

W e g e

die eine Biegung der Straße,
in der ein namenlos Gebliebener dem Zusammengebrochenen aufhilft
die letzte Stufe des Gerüstes,
die ein (erfundener) Delinquent, aufs Geländer gestützt, überwindet,
während einer der beiden Knechte seine Krücke hält
die vorletzte Biegung der Straße,
in der sie einen, dessen Name wie der seiner Söhne überliefert wird,
das Kreuz zu übernehmen zwingen
die Schritte bis zu der von Scheinwerfern aus der Nacht geholten Mauer,
vor der unter freiem Himmel zu stehen
vier der Garrotte versprochene Männer begnadigt worden sind

und die Stufe fünf Stufen unter dem Tor,
auf die der SS-Mann das etwas zu kleine oder zu schwache Kind hebt

ich habe letzten Monat (letzte Woche / letztes Jahr)
meinen Vater verloren,
wirst du einmal sagen müssen —
nicht aus den Augen wie vor Jahren in Florenz,
er und du von der Prozession auseinandergerissen,
oder wie als Kind auf dem Weg zur ... hütte
(natürlich lange vor dem Gletscher).
vielleicht nach langem Kampf wessen auch immer gegen das Schicksal
wie eine wichtige Figur eines Spieles,
wenigstens nicht schon im Krieg
(und daher auch nicht mit ihm jeden Halt).
eher (so wie er vielleicht Monate vorher
in jedem Gespräch den Faden oder, vor Schmerzen fast besinnungslos,
den Lebensmut und schließlich die Geduld verloren haben wird)
wie einen Schirm, den irgendwo stehenlassen zu haben
du erst beim nächsten Regen entdecken wirst.
wahrscheinlich wie den kleinen Finger, den man,
wenn er nur verletzt ist, bei jeder Verrichtung vermißt.

oder vielleicht doch wie einen Ring, einen Schlüssel,
denn was man wie einen Schlüssel verliert,
kann man an einem unerwarteten Ort einmal wiederfinden

S o n n t a g

ach der Strafengel Sonntagsnachmittagsgroßstadtgassen,
der dich vor Auslagen mit leeren Stellagen und volle Abfallkübel lenkt
ach der Strafengel Nebengassen,
der dir die Reue über die belächelte Kartenpartie im Schanigarten
noch immer verwehrt
ach der StrafengelMahnengel SamstagfetzenVergänglichkeit,
der dich für all die mitleidlosen Umwege um die Nebengassen
mit dem Gedanken, was du tätest,
wenn dir noch ein Sonntag mit Handtaschen und Eisbechern käme,
bestraft
ach der versöhnte Sonntagabendengel,
der noch am Nachmittag
dank der Erinnerung an einen gleichen und doch zu Ende gegangenen Sonntag
mit Brot und Salz und einem Glas Wasser
aus der Sackgasse tritt

R o s e n

wo sind die Zeiten
— sagt die Wirtin, indem sie eine Rose aus der Vase zieht —,
daß die Mädchen, um Petroleum zu sparen,
im Dunkeln Rosenkranz gebetet haben!
jede, die eingestellt wurde, war dankbar,
jeden zweiten Sonntag an frischen Rosen riechen zu dürfen!
jedes welke Rosenblatt
ist ihr natürlich vom Lohn abgezogen worden
und für jede welke Rose konntest du sie fristlos entlassen,
daher hat sie die Rosen unter ihren Lidern gebügelt
und so zugleich betaut!
nach dem Krieg
— sagt der Bäcker, indem er eine Rose aufs Pflaster spuckt —
sind sie schon vor Rosenaufgang
um die letzte Rose Schlange gestanden!
aber erst wenn jeder, aber auch jeder,
die Rose in Papiergeld aufgewogen
oder eine aus MariaTheresienTalern nachgebildete Rose
an der Kassa abgegeben hatte,
habe ich einen Zettel, auf dem ‚Rose' stand,
mit den Worten: schnapst euch die Rose selber aus!
vom Balkon in die Menge geworfen.
und sie waren selig
— der Pfarrer, indem er das ‚Mädchen mit Rose' bespeit —,
an hohen Festtagen einen billigen Druck
der der künstlichen Rose nachgebildeten Rose zu küssen,
und schrien nicht,

wenn ich ihnen die Dornen in die Zunge drückte

H ä u s e r

dort draußen in der Nacht stehen einige Häuser,
die, von traurigen Kindern gezeichnet,
Fensterkreuze vor schwarzen Fahnen sind

dort drunten am Abend stehen einige Häuser,
in deren Fenstern auf der Flucht vor der Nacht
sich der Himmel sammelt

dort drüben am Nachmittag steht ein Haus,
in dessen vier Fenstern
die Reue eines längst gelöschten Brandes
die Versöhnung seiner Bewohner im Fegefeuer
und ein Wort des Propheten Elias lodert

dort droben am Morgen und Mittag und Abend
steht ein Haus,
dessen zwei Fenster,
von zwei Engeln aus der Nacht gebrochen,
mit einem Eliaswort einander öffnen und schließen

Anmerkung

wenn die zwei richtigen Hälften
einander in die Nähe kommen
— hat Plato für sich behalten
(Aristophanes hinzufügen zu lassen vergessen) —,
tritt Blut aus dem nur scheinbar verheilten Trennungsschnitt,
schmerzt sie als Phantomschmerz,
der sich ihnen als Sehnsucht erklärt,
die ihnen abgehauene Hälfte
und sie wachsen,
indem sie den Schmerz der Durchtrennung
als Schmerz der Trennung erleben,
ohne in dem Wunsch, einen verlorenen Zustand wiederherzustellen,
und ohne in der Verwunderung,
ihnen sei, als ob sie einander schon lange kennten,
einander zu erkennen,
kaum daß sie sich angesehen haben, zusammen
und sind wie am Anfang sogleich sich selbst genug,
daß wieder ein Gott kommen muß,
sie mit dem Messer wie Birnen, die man einweckt,
auseinanderzuschneiden
und sie so auf der Suche nach dem anderen
als dem von Ahnungen vorhergesagten Unbekannten
zum Aufenthalt in der Welt zu zwingen

Mondbilder

und so malte er
dreihundert klare und dreihundert bewölkte Nächte lang
den Mond,
um herauszufinden (ohne freilich die Frage schon zu ahnen),
ob er in einer klaren oder in einer bewölkten Nacht
sich einmal eine Kugel in den Kopf jagen würde

und so malte er dreißig Jahre lang
in einem fensterlosen Haus
den Mond der ersten und letzten Nacht mit seiner Geliebten,
um sich am Ende einer stürmischen, aber klaren Nacht,
als sein der Geliebten gewidmeter Mond
etwas früher als der Mond am Himmel verblaßte,
mit verbundenen Augen eine Kugel in die Schläfe zu schießen

und in seiner zweiten Phase, die die Jahre 1980 bis 1990 umfaßt,
verfeinerte er die Darstellung des Mondes
auf der stürmischen Mondlandschaft seiner ersten Phase
und trug das Bild, als es vollendet war
(vollendet, weil sein Mond zugleich mit dem Mond über ihm aus den Wolken trat),
in die stille Mondnacht hinaus,
um sich, ohne mit den Wimpern zu zucken,
zwischen die auf den Himmel gerichteten Augen eine Kugel zu schießen
(aber nach dem Abschied der Geliebten
malt er nur mehr den Mond, und diesen nur noch als Sichel,
ehe er in einer Neumondnacht
zuerst auf das Bild, dann auf sein Herz die Pistole richtet)

und in seiner dritten Phase
malte er immer den gleichen leicht bewölkten Mond
auf die jeden Morgen gereinigte Leinwand,
und als der Mond endlich in den Wolken verschwinden wollte,
rannte er ihm in einer Panik das Messer ins Herz
und rannte dann selbst mit dem Kopf so lange gegen die Leinwand,
bis der Mond an ihm und er am Mond zerschellte

und als er den Zenit seiner Kunst zu erreichen im Begriffe war,
wanderte er mit seinem ‚Vollmondnacht' genannten Bild
durch alle europäischen Vollmondnächte,
diese der seinen zu vergleichen,
ehe er, als Mond und Mond
während einer Mondesfinsternis identisch wurden,
die Pistole auf den Mond richtete,
um mit der Kugel sich ins Herz zu treffen

und so wartete er in seiner vierten und letzten Periode
dreißig Mondjahre auf die Mondesfinsternis,
diese in dreißig Sonnenjahren auf der Leinwand festzuhalten,
aber als, wie er als Greis, es mit den Augen der Geliebten zu betrachten,
von dem Bild Abstand nahm,
auch der Mond aus dem Erdschatten trat,
schleuderte er dem Bild das Messer ins Herz,
ohne freilich zu ahnen,
er würde in der nächsten Vollmondnacht
sich beide Augen durchstochen haben

H e r b e r g s u c h e n

Kellerstüberl zum Roten Hahn, vormals Peterskeller —
Heiliger Florian wecke uns, ehe der Hahn dreimal kräht
Gasthof zum Weißen Lamm —
weißes Lamm auf der Osterwiese, bitte für uns
Weinhaus zur Goldenen Traube, Weinhaus zum Wilden Mann —
laß einen Kelch vorübergehen
Goldener Adler Goldene Taube, reicht euch die Hand,
daß heiliger Friede HEUTE GESCHLOSSEN sei
Madonna zur Blauen Taube erbarme dich unser
Weißes Kreuz, steh den drei Mohren bei
Engel mit der Posaune füge zur ALTEN Post gute NEUE Post
Drei Husaren, schützet das Lamm vor dem Linzer Löwen,
bis ewiger RUHETAG sei
Engel zum lachenden Engel zeig uns den Goldenen Stern
Leonhard gib dem Ochsen zu den Drei Hufeisen ein viertes,
                    aber nimm ihn von dem Goldenen Pflug
Hubertus der Waldesruh geleite den Hirschen am Grünen Baum vorbei
                    ins Edelweiß auf den Wiesen
Madonna zu den drei Lilien, bitte für uns
Madonna mit den zwei goldenen Trauben, tröste uns
Vater zum Wilden Mann, erbarme dich unser
Madonna zu den drei lachenden Türken steh uns bei

Eselsohren

mach keine Eselsohren in das Lesebuch!
sicherlich hat die Lehrerin nicht gewußt,
daß die Esel, um die Schrift reden zu machen und ihr dann zu lauschen,
ein Ohr wie ein Lesezeichen zwischen zwei Seiten schieben
oder mit dem vom Buch zugedeckten Ohr,
während sie selber schlafen, lesen,
und auch kaum angenommen,
daß der Esel, indem er sein Ohr
am oberen oder unteren Blattrand
zu einem größeren oder kleineren Dreieck abbiegt,
das Lesestück in einer mit den Kindern geteilten Geheimsprache
als langweilig traurig lustig oder spannend charakterisiert —
aber wenn die Lehrerin jemals
auch nur einen Esel die Ohren
(als wäre die Flaggensprache die Muttersprache seiner Muskeln und Sehnen)
neugierig ängstlich zornig oder freudig
schwenken sehen hätte,
wüßte sie auch,
warum auf dem Hinterdeck der Schiffe, auf Flugplätzen und Flugzeugträgern
immer eine Kiste Heu bereitsteht

Bohnen

natürlich nicht, aus Padua zwei Bohnen zu holen,
auf fünf Tage nach Italien gefahren —
aber sooft ich sie in der Manteltasche ertaste,
krähen wieder die gefesselt auf dem Pflaster liegenden Hähne
fliegen alle Tauben den Sack mit den Bohnen an,
und sooft ich die weiße Bohne zwischen den Fingern drehe,
läßt sich auf ihr das Bild des jungen Mannes nieder,
der nicht in einem Kanalschacht stand,
sondern am Trottoirrand mit halbem Unterleib auf einer Serviette aufsaß
und in der Münze, die ich in meiner Tasche ertastet hatte,
mit einem lächelnden Buon-giorno! meinen Aufenthalt gesegnet hat
(und wahrscheinlich eine ihm entgegengehaltene Bohne
sofort zum Keimen veranlaßt oder ihr mit seinem Lächeln
ein frohes Gebet eingraviert hätte)
natürlich nicht wegen zweier Bohnen nach Mailand und Padua gefahren —
aber sooft meine Finger auf die violette Bohne stoßen,
krümmen sich, während die gefesselten Hähne immer lauter krähen,
die drei Nonnen hinter dem Dom, in welchem alle halbe Stunden
das Regenwunder wiederkehrt, zuerst vor Lachen, dann erst erbrechen sie,
und sooft ich die violette an die größere weiße drücke,
steigen aus den zwei Eiern, die der Heilige in der Galerie Brera
auf dem Kopf und auf einer Schulter balanciert,
eine weiße und eine violette Taube auf,
das Lächeln des Stumpfes am Straßenrand
den erbrechenden Nonnen zu überbringen und an diesem selbst
(bis der Eierheilige der eben gesteinigte Stephanus ist)
das Regenwunder derart zu vollziehen,
daß seine Serviette und der Hals der Hähne
während des Wolkenbruchs trocken bliebe.

natürlich nicht, dem Sack hinter den gefesselten Hähnen
zwei Bohnen zu entwenden und, die Bohnen in der Hand,
drei Nonnen erbrechen zu lassen und dann eine Bohnenhecke
um den halbierten jungen Mann zu pflanzen, in die Bahn gestiegen —
aber sooft ich die weiße Bohne an die kleinere violette drücke,
wiederholt sich das Regenwunder in den drei erbrechenden Nonnen
und dann bedaure ich, sie nicht um den Namen
des nicht weit unter den Nabel reichenden Mannes gefragt zu haben,
um ihm alle mit zusammengebundenen Füßen krähenden Hähne
(sie zu schlachten / sie freizulassen) zu schenken,
und sooft ich die weiße Bohne, abgegriffen wie die Zehe der Antoniusstatue,
und die violette, der noch immer keine Ostertaube entschlüpft ist,
von einer Hand in die andere nehme,
empfange ich den Buon-giorno-Segen des verstümmelten Rumpfes,
damit mir vor Nonnen, auf die ein Regenguß niedergeht,
das anatomische Wunder nicht in die Zweifel,
wie er mit halbem Unterleib lächeln könne, zerfällt.
natürlich bin ich nicht, dir eine weiße oder violette Bohne zu holen,
von einer Stunde auf die andere nach Mailand und Padua gefahren —
aber sooft ich wie die Tauben in Padua
dem (Mantel)sack zwei Bohnen entwende und dir die violette schenke,
läuten die Tauben das Regenwunder des Stumpfes und der Nonnen ein,
sagt der Hahn, dank seinem lautesten Krähen vom Messer erwählt,
da Hühner ihr Schicksal gewöhnt sind, buon giorno!,
und dann führe ich dich,
indem ich dir die weiße schenke,
an den dank dem Wunder der Fröhlichkeit krähenden Hühnerköpfen
und an den daher doch nur vor Lachen gekrümmten Nonnen vorbei
zu dem Abgeschnittenen auf dem Tortenteller,
auf daß sein Lächeln wieder fliegen kann, dich zu sehen und zu segnen

Korfu

in Korfu wollte sie einmal begraben werden,
nur die Königin der Ungarn war sie zeitlebens gern —
aber dann mußte sie sich in der Schweiz einbalsamieren lassen,
ausgerechnet in der Schweiz, in welche sie als Gräfin Hohenembs
dem Establishment entfliehen zu können gehofft hatte
— wie viele österreichische Fahnen hat sie nicht dort entfernen lassen,
wie vielen, die sich tiefer als vor einer Gräfin vor ihr verbeugten,
hat sie nicht in Genf den Rücken gekehrt —,
in welcher sie aber durch ein an ihr verwirklichtes
‚Es lebe die Anarchie, Tod der Aristokratie!'
erst recht zur Repräsentantin des Establishments geworden war;
und dann mußte sie, an Österreich ausgeliefert
(was keinem anderen Emigranten widerfuhr),
das Protokoll und die Anhänger außergewöhnlicher offizieller Anlässe
mit geistesabwesend hingenommener Anteilnahme
für all ihre Abwesenheiten zu entschädigen,
mit rosenkranzgefesselten Händen
die überfüllten Straßen und Balkone,
den protokollarischen Kondukt
und die Trauerfeierlichkeiten nach spanischem Zeremoniell
über sich ergehen
und sich zuletzt (jetzt ist mit den Irrfahrten aber Schluß!)
in der Kapuzinergruft beisetzen lassen

(die zu betreten sie mehrmals verweigert hatte,
da sie diese nur betrat,
um mit der Angst vor dem Tod und mit Haß auf die Enge
ihre Niedergeschlagenheit zur Todessehnsucht nach Korfu zu steigern),
nachdem man ihr auch ihr tödlich verletztes Herz genommen
und es in die Herzgruft der Augustiner
zu den vertrockneten Habsburgerherzen geschafft hatte,
ohne wenigstens ihren Eingeweiden
(in die Katakomben von St. Stephan gesperrt)
sich nach Korfu einzuschiffen zu gestatten,
und überdies hatte man
— sicherlich nicht, um sie mithilfe der Proteste der Ungarn zu versöhnen —
der Inschrift auf ihrem Sarg
‚Königin der Ungarn'
hinzuzufügen unterlassen bzw. vergessen:
sie muß es geahnt haben, denn als man sie blutenden Herzens
auf einer immerhin nur improvisierten Bahre
von dem Schiff,
auf welchem vier Stunden als Touristin zu verbringen
sie sich so gewünscht hatte,
ins Sterbezimmer zurückträgt,
wirft sie, obwohl sie schon bewußtlos ist,
 in einem fort den Kopf verneinend hin und her

Kapuzinergruft

hast du das Gehäuse des kleinen Erzherzogs gesehen?
er hat vielleicht schon mit Zinnsoldaten gespielt,
aber nie mit den Löwen und Engeln seiner Umgebung spielen dürfen.
und die bescheidenen Habsburger,
zu zwei mal drei in den Mauernischen abgestellt?
Bücher, die keiner mehr aufschlagen wird.

wem gehört dieses kriegerische Klavier
wer bewohnt dieses gepanzerte Streitroß
wer schläft in diesem Mondgefährt
wer sollte in dieser Gold- oder Geldtruhe auf den Meeresgrund versenkt
und wessen letzter Traum
soll diesen Bleimantel zu durchdringen gehindert werden?

sieh die zwei Särge dort drüben —
sie sind noch so wild
oder ihre Bewohner noch immer nicht an die Gefangenschaft gewöhnt,
daß sie hinter einem Gitter gehalten werden müssen.

kalt ist es in dem Stall wie in einem Schlachthaus —
aber die Aufräumefrau, die einer der kopflosen Bestien mit den
Vogelgreiffüßen Raubtierpranken Zentaurenzehen oder Sphinxkrallen
den schweren Bauch saugt,
wird nicht so gründlich sein, auch den anderen Staub zu entfernen,
denn sie hat auf der Brust einer Erzherzogin ihr Staubtuch liegenlassen.

schau — Maria Theresia hat
(was Franz Joseph ihr nachzumachen sich nicht herausgenommen hat),
nachdem sie fünfzehn Jahre lang (und einiges länger)
von ihm getrennt geschlafen hat, sich zu Franz Stephan gelegt —
ich möchte mich auch zu dir legen
(ich möchte, daß du dich auch zu mir legst)

und jetzt stehst du vor Maria Theresia
wie ihr Leibarzt, wenn sie schlief —
oder sind das lauter Bonbonnieren,
an denen die Tafel ‚Schaustück' anzubringen man verabsäumt hat?
dann wäre der Sarg der Kaiserin Elisabeth eine Muschelschale,
geschlossen um das Meer, zu dem es sie gezogen hat.

schau, wie Maria Theresia möchte ich mich zu dir legen
(sollst du dich zu mir legen)
oder leg du mich an deine Seite und ich dich an meine
oder legen wir uns miteinander hin,
wenn schon das Mädchen, das sich in Mayerling zu dem Kronprinzen gelegt hat,
im Garten von Heiligenkreuz ganz allein liegen muß!

S t o c k h o l m

und wie du ans Fenster trittst,
hält ein gelber Möbelwagen
— HÖRGRENS, STOCKHOLM SWEDEN
FENIX EXPRESS
MÖBELTRANSPORTER REMOVALS UMZÜGE —
vor deinem Haus.
natürlich öffnet nur im Film der Mann, den sie holen wollen,
den Männern mit dem Sarg,
und auch die Rettungsmänner,
die die Großmutter, kaum daß sie gestürzt war, verluden,
waren verständigt worden.
aber einmal hättest du dir, sosehr du auch darauf gewartet hattest,
eher vorstellen können,
es würde über Nacht kein Meer kein Venedig keine Eisenbahn mehr geben,
als daß du nächsten Abend um die gleiche Zeit
in einem von dir ahnungslosen Haus nicht weit vom Meer
in einem anderen Bett als dem, dem fünfzehn Jahre lang
nur dieses Bett gefolgt war, schlafen würdest —
warum solltest du dich dann nicht
nur an neue Wände gewöhnen können,
sie können doch nicht, nur um nicht leer zurückzufahren,
beauftragt sein, deine Sachen in Schweden auf die Straße zu stellen!
warum solltest du dich mit dem Entschluß,
von nun an in der Stadt zu wohnen,
in die der Wagen BUU 931, zum Riechen nahe, heimkehren wird,
nicht abfinden können,
sobald auch dein Bett hinter der gelben Tür verschwunden ist:
dein Umzug wird mit dem Zug der Wildgänse
die Richtung gemeinsam haben
und mit dem Osterumzug
die Zurückbewegung der Jahreszeit zu den Birkenkätzchen.
warum solltest du nicht dank dem Fenix

in Stockholm neu beginnen können?
da könnte ich leben! hättest du wie in Oslo dort sicher gedacht —
immerhin kennst du einen Herrn Hörgrens dem Namen nach,
auch sind dir Stockholmer Lastkraftwagen vor deinem Fenster
auf einmal wie Briefkasten vertraut:
du wirst neue Briefmarken kennenlernen,
weißt jetzt schon,
daß schwedische LKWs zusätzlich eine ‚Trafiknumer' haben,
und wirst expreß nach Österreich schreiben,
sobald du weißt,
wie alles gekommen ist

das Geheimnis des .../das Geheimnis, warum ...
aber das eigentliche Geheimnis die erste der Textproben auf der Augenklinik:
‚der Mensch kann vielleicht alles vergessen', beginnt sie,
‚Pflichten, Freundschaft, auch Liebe, nur eines nie, auch wenn er das wollte:
denn kaum, daß er glaubt, es sei eingeschlummert,
ist es wieder wach, und dieses eine ist' —
mit ‚ist' endet die Zeile, und nach einem Absatz
folgt in größeren Lettern die Beschreibung
‚jenes überschwenglichen Glücksgefühles', wie es heißt,
‚in welchem der Mensch alles, Tiere wie Blumen, an sein Herz drücken möchte'.
was ist das eine, das man nicht vergessen kann,
auch wenn man es vergessen möchte?, fragst du dich,
um die Antwort geprellt wie viele Kurz- oder Weitsichtige vor und nach dir,
und kehrst, als ob du das Fragment (wenn dir der Arzt schon nicht helfen kann)
durch die Wiederholungen ‚und dieses eine ist'
sich seines Versprechens zu besinnen veranlassen könntest,
in die eine Zeile zurück.
‚und dieses eine ist' —
sicherlich nicht das Gewissen oder die Gewißheit des Todes,
auch nicht der Glaube an eine höhere Gerechtigkeit,
an die Vergeltung nach dem Tode,
auch wenn etwas Ähnliches (solltest du das neunzehnte Jahrhundert
mit Erfolg nach dem Zitat durchsucht haben) als Antwort ausgegeben würde.
‚und dieses eine ist' —
was kann der Mensch, der Pflichten Freundschaft und Liebe
(und seit damals noch vieles mehr)
vergessen hat, nicht vergessen können;
was ist ihm nach all dem, was er vergessen hat,
wenigstens zu vergessen geblieben;
was ist das eine, von dem es heißt: ‚es ist';
was ist das eine gewesen, das, mit einer und-zwar-Tuba angekündigt,
mit dem Ende der Zeile verschollen ist —
könnte es ...

Maikastanien

drei (bzw. vier fünf oder sechs) Wochen nach der Blüte der Kastanien
gedenkst du, wenn du nach einem Sturm oder Regen aus dem Haustor trittst,
vor den zerstückelten Neugeborenen, an deren Unschuld noch kein Stachel war,
des bethlehemitischen Kindermordes,
um in den Blutlachen und Weichteilen nicht auszurutschen;

beugst du dich über die geheimnisvolle Seuche,
die diesmal nicht die Kleinsten,
sondern ausnahmslos die Kleinen zwischen vier und sechs hinweggerafft hat,
und kannst doch nicht verhindern,
daß noch manch anderes Kind, von seinem Schutzengel mitgerissen,
vor deinen Augen in das Massengrab springt;

fragst du dich, wie viele Schulkinder, sich vor dem Großbrand zu retten,
aus dem zweiten Stock auf die Straße gesprungen sind
(aufgrund welchen Antriebes / auf wessen Zeichen
die Kinder sich aus den Fenstern gestürzt haben bzw.
— manches samt der Decke aus dem Schlaf gerissen —
aus dem Fenster gestürzt worden sind),
und kannst doch nicht vermeiden,
daß manch noch nicht gebrochenes Rückgrat von dir gebrochen wird;

erinnerst du dich unter den Kastanienbäumen, bevor du das Haustor schließt,
der hoffnungsvollen Mädchen und Knaben, deren letztes Aufgebot 1212
(wenn betrügerische Reeder die meisten nicht schon in Marseille
nach Alexandria als Sklaven verkauft hätten)
vor dem ermatteten Sturm auf eine Festung der Feinde dessen,
der, wie man geglaubt hat, wenigstens die Kindlein
an seiner Geburts- oder Grabesstätte zu sich kommen lassen will,
wie Blüten und Blätter, vom Regen zerschlagen,
wie Fruchtknospen, von einem Hagel hingestreckt, zugrundegegangen wäre,

und gedenkst du ab heuer, sooft du dir den Matsch von den Schuhen streifst,
der Kinder, die im Heiligen Land eine Bombe oder Handgranate zerrissen hat

Beim Betreten der Unfallstation

außer den Notbetten links und rechts einer Krankenzimmertür
die DreiBettNische gegenüber dem Lift:
ein frisch bezogenes noch namenloses Bett,
dessen Unfall vielleicht eben erst geschieht;
daneben ein abgezogenes, vielleicht noch lange nicht benötigtes Bett
und, von diesem etwas mehr abgerückt als die zwei anderen voneinander,
das Krankenbett
mit den gleich nackten Matratzen
mit der am Fußende genauso nackt zusammengelegten Decke
und den nicht weniger nackten Pölstern am Kopfende
wie / als bei seinem Nachbarbett,
nur daß auf seiner schwarzen Tafel
wie auf den Tafeln zuhäupten der bewohnten Betten /
wie auf der Tafel des bewohnten, nur im Augenblick verlassenen Bettes
mit der zurückgestoßenen Decke und der Kopfgrube in seinem weißen Polster
ein Name steht: RENATE —

hat man, obwohl in diesem wie in dem anderen abgezogenen Bett
die Decke Bug auf Bug liegt und in dem frisch bezogenen Bett
jeder Knopf des Polsterüberzuges eingeknöpft ist,

den halben Namen zu löschen vergessen?
weiß man, daß die geflohene Insassin bald wieder
um die Aufnahme in ihr Notbett bitten wird,
oder hat man, damit sie unauffällig gehe, ihr Bett auf den Gang geschoben?
will das Vergessen der Schwesternschülerinnen,
eine Anrufung, eine Mahnung,
ihr Wieder(da)sein erzwingen
oder will man ihr zum Gedenken
drei Tage lang das Bett von geringeren Schmerzen freihalten,
auf daß sie nicht im Traum der Nachtdienstschwester
in dem Hemd, welches man ihr ausgezogen / einer anderen angezogen hat,
inmitten der Blaulichtzeichen bloßfüßig auf dem Gang steht?
oder darfst du der Häufigkeit von Schiunfällen
und dem Namen RENATE vertrauen,
den du, da nur junge Mädchen RENATE heißen,
noch nie als ersten Teil der Schlagzeile auf einer Parte gelesen hast?
oder müßte dir,
falls die Verschollene bei den Ärzten und Schwestern
nur ‚Renate' geheißen hat,
die Inschrift nicht erst recht zu denken geben?

8. Juni 1975

die sicherlich nicht nur in dem für dich reservierten Zimmer
des Münchner Hotels der Deutschen Bundesbahn
und schon gar nicht für dich im besonderen vorbereitete Tafel
mit der Aufschrift ‚Bitte nicht stören, ich schlafe!' in vier Sprachen
Bitte nicht stören, ich schlafe —
wer sonst als ein Übermüdeter, welcher aus dem beschlossenen,
nur noch nicht endgültiger Schlaf gewordenen Schlaf
nicht zurückgeholt werden will,
wird diesen Wunsch auf tröstlich himmelblauem Grund
an die Türschnalle hängen?
Please, go away and let me sleep —
wer sonst als der, welcher den Entschluß,
seine späte Stunde zu Ende zu schlafen,
flehentlich respektiert wissen will,
wird diese Nachricht aushängen, an deren Tür wie an jeder anderen Tür
jeder Hotelgast ansonsten achtlos vorüberginge?
Laissez moi tranquille, je dors —
wer sonst als der Übernächtige, der die letzte Scheu,
jeden an ihm Vorüberkommenden wissen zu machen,
daß er, in Frieden auszuruhen, mit geschlossenen Augen in einem Bett liegt,
überwunden hat,
ja der mithilfe der von dem Geständnis ‚ich schlafe'
beschworenen Vorstellung von dem fremden Schläfer

Anteilnahme an seinem Schlaf beansprucht,
wird sich den provisorischen Stein errichten,
noch ehe die Diagnose eines Arztes (‚überstandene Reisestrapazen')
die Inschrift bestätigen könnte,
statt ohne letzte Hoffnung
auf die durch das Verbot beschworene Rettung durch unerwünschte Retter
die Gewißheit hinzunehmen, daß ihn ohnehin niemand wecken kommen wird,
da die Aufräumefrauen nur an die Türen der abgegebenen Schlüssel klopfen?
Prego, andate via, io dormo —
was kann die unwirsche Auskunft in Wahrheit anderes bedeuten als die Bitte,
keiner möge weitergehen, ohne dem schlafenden Schläfer in einem Gebet
den friedlichsten Tiefschlaf in ewiger Nachtruhe gewünscht zu haben?

das in die Cellophanschleife ‚Die DBB wünscht Ihnen eine gute Nacht'
gewickelte Zuckerl
schmeckt zwar nicht nach Beruhigung
der Angst vor dem Schlaf dem Einschlafen oder Schlafen,
aber die Nacht, in der die Bundesbahn dir als ihren Gästen
eine gute Nacht gewünscht hat, ist die gewesen, in welcher
wenige Kilometer von dem Münchner Hotel entfernt
während des Zusammenstoßes zweier deutscher Züge
fünfunddreißig Gäste unsanft eingeschläfert worden sind

S e e

ich meine nicht den Wintersee,
den du für eine Wiese halten
und daher niemals gesehen haben wirst
auch nicht den Hochsommersee,
dem zuliebe du ohne Skrupel
die Notbremse ziehen sollen hättest
natürlich nicht den,
den du dein erstes Mal
auch ohne Kälteschock / auch ohne die Mahnung der spitzen Steine
wie eine fremde Kirche betrittst
aber auch nicht den,
den du als die Vorstellung und Erwartung,
welche er dir gewesen war,
schwimmend und täglich mehr gebräunt verloren hast —
ich meine den See,
aus dem du, ohne einen Wettersturz zu erwägen,
drei Tage vor der Heimreise geklettert bist:
was wird geschehen, bis du ihn wieder
wie alt wirst du sein
oder wird das eine Mal,
von dem du dir nicht einmal seine Farbe gemerkt hast,
für immer dein letztes Mal gewesen sein?

L e t z t e M a l e

der Morgen des siebenten März
ein Gedicht über letzte Male —
nicht über solche, die man erst später als etwas,
dem kein gleiches Mal mehr folgen kann, erkennt
(und sei es, indem man in einer bestimmten Stadt immer wieder bedauert,
daß man sie nur einmal zum ersten Mal gesehen hat)
und auch nicht über solche, die vielleicht bald letzte Male gewesen zu sein
man schon erwägt, während sie erst geschehen —

als sie, ohne daß ich sie stützen mußte,
die eben von ihr versperrte Tür wieder aufschloß,
fragte ich mich, ob ihr das vergessene Briefpapier ein Vorwand war,
die Tür doch noch nicht auf immer versperrt zu haben;
als wir im Auto über alltägliche Dinge redeten,
ob sie wußte, daß sie wahrscheinlich zum letzten Mal in einem solchen Auto fuhr;
ob sie dank einer Umleitung / dank einer gestörten Ampel
doch noch einmal die Straße sah,
die ansonsten sie längst zum letzten Mal gesehen hätte /
länger, als ihr bestimmt war, einmal noch in die ... gasse sah

und als ich im Krankenzimmer
ihr Kleid nahm, es in den Kasten zu hängen,
wußte ich, daß sogleich ein Kleid
als ihr zuletzt getragenes und noch ihr gehörendes Kleid
zum letzten Mal auf einen Kleiderbügel gehängt werden würde —
nie mehr wird sie, hoffte nur ich zu wissen,
ein Kleid von einem Bügel nehmen,
und so tat ich in bezug auf einen anderen,
der mir, wie ich hoffte, ahnungslos zusah,
etwas so unbefangen wie möglich zum allerletzten Mal

Kreuze I

Stall- und Waggon- und Sägewerkstüren als Wegkreuz für das Tor von Belzec
jede Weinkeller- Boden- und Waschküchentür für das Tor von Chelmno
Türen und Tore der Brotfabrik wie das Tor unter der Tafel „Erholungsheim"
ein Wegkreuz für das Tor von Treblinka
Türen von Telephonzellen und Bedürfnisanstalten
wie die Angeln von ausgehängten Türen
für das Tor von Maidanek
Kirchen- Sakristeitüren Klosterpforten
und jedes Tor mit Schildern wie „Ladetätigkeit" „Einfahrt freihalten"
als Kreuzigungsbild für die Tore von Sobibor
alle Schlachthaus- Kühlhaus- und Schultore
die weiße Tür von Krankenzimmern die eigene Haustür
jede Puppenhaus- und Adventkalendertür
wie auch jede mit dem Hinweis
„Ausgang" „schließt von selbst" „Bitte warten"
„Eintritt frei" „Nur für Lieferanten" „ziehen" / „stoßen"
alle gepolsterten Türen vor ärztlichen Ordinationen
und vor allem die „Männer"- und „Frauen"tür
auf österreichischen und polnischen Provinzbahnhöfen
als blutverschmiertes Originalkreuz,
aber auch Triumphkreuz
für das Auschwitztor

K r e u z e I I

das Kirchturmkreuz der Stickstoffwerke
das Kreuzeszeichen, wenn der Priester die Hände hebt
das Taufbecken / das Weihwasserkreuz eine Erinnerung an den Tod,
genannt Entlausung
eine Kreuzwegandacht der Einzug der Erstkommunikanten in Zweierreihen
Wegkreuz und Marterl die verkohlten Zwetschken hinter der Dörrhäusltür
und die in Blöcke gepreßte Maische

der Weihrauchgeruch hinter jeder Tür des Adventkalenders
der Druckfehler Erlösung
die Teertropfen an den Wänden der Selch ein Herrgottswinkel
auf dem Kreuzberg drei schwarze Tore

Kruzifix! der Vergaser funktioniert nicht
das ist ein Kreuz! wo bekommt man am Samstag ein Auspuffrohr

Karfreitag ein Lamm mit zerbrochener Brille
tief einatmen! die Erneuerung des Essigschwammes
die Votivtafel ‚Bei ausströmendem Gas die Fenster öffnen'
die Votivinschrift ‚Bei Gasgeruch Rufnummer . . . oder die Polizei verständigen'

die Kreuzpartikeln in den Wolken
am Karsamstag Lammkoteletts vom Rost
die Grabesruhe der Streik der Müllverbrennungsarbeiter
das Aschenkreuz fällt durch den Rost
der Ostersonntag eine Fahrt ins Blaue

 als Brustkreuz ein aufgespießter Schwalbenschwanz

II

L i e b e s g e d i c h t e

ein Liebesgedicht ist etwas, das, von Liebesgedichten umgeben,
als Liebesgedicht gelesen wird
etwas, in dem alles, was als Einzelheit ohne Bezug auf Liebe ist,
als Gesamtheit zu etwas über Liebe wird
etwas, wo jemand zugleich ertrinkt und über Wasser geht
wo in jeder Zeile ein etwas einem anderen etwas
entgegenzustürzen gehindert wird,
bis endlich in der letzten Zeile ihr Miteinander stürzt oder steigt
etwas, wo, wenn schon die Distanz zwischen den Wörtern nicht getilgt werden kann,
die Verknüpfung der durch Generationen getrennten Wunder
des Alten Testaments gelingt,
und vor allem der Augenblick,
wo einer zu einem anderssprachigen Mädchen
im Schlaf: Talitha kumi! sagt
und es steht wirklich auf

An die (den) ferne(n) Geliebte(n)

weißt du, daß einem Kind
die Mutter,
die, etwas aus der Küche zu holen / dem Briefträger zu öffnen,
aus dem Zimmer tritt,
viele Male auf immer fortgeht,
ohne Abschied genommen zu haben,
und daß dem Kind,
bis sie wieder ins Zimmer tritt,
Jahre des Zweifelns und Hoffens vergangen sind?
daß das Kind,
das sich die Augen zuhält oder hinter den Vorhang schlüpft,
einige Sekunden Ewigkeit vergehen läßt,
um sich zu beweisen,
daß die Abwesenheit / der Tod der Mutter zu ertragen ist?
und daß das Kind,
welches einen an einer Schnur befestigten Gegenstand
aus dem Bett wirft und, wenn dieser den Boden berührt hat, zurückreißt,
nicht zu fischen oder den Hund zu erziehen spielt,
sondern sich den Trost verschafft,
daß die ihm vom pfeifenden Kochtopf entrissene Mutter
seiner Beschwörung erliegen und einmal doch heimkehren wird?

Fasane

immer wieder zwingt mich der erste Fasan am Bahndamm
als eines der Jahre,
die wir uns wie gestern und morgen lieben werden,
die Rehe, die ich bis zu den Eltern sehen würde,
als die Jahre, die noch vor mir liegen, anzunehmen —
so suche ich jedes Mal, da es zwischen Wien und Amstetten
vom Zugsfenster aus mehr Rehe als Fasane gibt,
trotz der Hoffnung auf viele Rehe
durch Korrekturen der Anzahl Rehe zugunsten der Fasanenzahl
für den Fall, daß nicht ohnehin jedem ausständigen Reh
dein Fasan zur Seite zu stehen bestimmt ist,
das Schicksal zu ähnlichen Transaktionen zu bewegen:
wenn ich vom D-Zug aus
äsende Rehe zu Ziegen mache,
flüchtende Rehe als ohne dich vergangene Zeit
aus der Erinnerung streiche
oder nach den ersten Rehen die Schottermulden nach Fasanen durchsuche,
bestätigen mir die Wiesen:
unser Fasan wird die Summe meiner Rehe erreichen können —
wir werden zwar einige Jahre länger gelebt
als einander geliebt haben,
aber trotzdem wird mein letztes Reh,
deinen und meinen Fasan an der Seite,
an die äußerste Lichtung treten —
wir haben bloß jeder für sich
— keine eilig hinter St. Pölten eingerichtete Fasanerie,
keine Treibjagd zwischen Melk und Amstetten könnte das ändern —
an die dreißig Jahre ziehen lassen müssen,
bis wir, bis dahin des anderen Wartesaal,
wie über einen auffliegenden Fasan voreinander erschrecken durften

Rosengedichte

ich weiß nicht,
wie das Gedicht von Nikolaus Lenau über einen Abschied
mit der Zeile von der schon welken Rose geht,
und will es auch nicht wissen,
damit es mir,
statt sich als ein Gedicht
an die ferne / an die verlorene Geliebte wiederherzustellen,
das Gedicht der Rosenferne bleibt —
es endet gewiß nicht so,
daß Liebende einander immer so nahe sein sollten,
daß jedes Atemzug
ein dem anderen hörbares Ich-liebe-dich ausatmen würde:
aber seit der Radiosendung,
in der die Zeile über die in der Hand des Liebenden welke Rose
gelesen worden ist,
lasse ich Liebende, die getrennt sind,
in klaren Nächten mit einer eben aufgeblühten Rose,
welche aus den Worten, die bald folgen werden, Wasser trinkt,
der gleichen Rose in der Hand des anderen
durch viele Zeilen wie einem Sternbild entgegengehen
und in der letzten Zeile, bevor das erste Blatt fällt,
einander erreichen;
lasse ich Liebende, die sich trennen müssen,
sich nur so weit voneinander entfernen,
als das Wort Rose reicht,
lasse ich Liebende nur so weit ihre Liebe vergessen,
bis das die Schritte Zählende ‚Roseroseroserose'
in bedeutungslose Silben auseinanderfällt,
und lösche zuletzt in der zwischen ihnen schmelzenden Rose
die Wörter Rosenknospe Rosenblüte Rosenblatt,
damit diese und jene und diese Rose ihnen dieselbe Rose bleibt

Namen

manchmal schaue ich dich an und sage unter einem Vorwand,
um ihn für später mit dir aufzuladen, deinen Namen,
aber manchmal bleibst du,
selbst wenn ich zuerst als du meinen eigenen Namen sage,
hinter dem Gitter seiner Konsonanten und Vokale,
und dein Name wird ein Name

manchmal streue ich, mir eine gute Nacht zu verschaffen,
deinen Namen als eine Frage in den Abend
oder wiederhole ihn,
mehr um ihn zu dir, als um dich benennbar zu machen,
vor deinem Bild in meiner Hand

manchmal sage ich nach: Gute Nacht! deinen Namen
und klappe schnell
seine zwei Silben über dir zusammen
und schaue, damit du mir nicht entschlüpfst,
erst im Stiegenhaus nach, ob du genügend Platz hast

manchmal schneide ich Zeitungswörter auseinander
und setze in meiner Hand
die selten gebrauchte Form deines Namens zusammen,
und wenn ich den richtigen Buchstaben als letzten eingefügt habe,
legst du dich, dreisilbig wie Wasserfall, manchmal um mich

manchmal schreibe ich in deiner Schrift deinen Namen,
und du siehst mich schon beim zweiten Konsonanten an,
und manchmal schreibe ich in voneinander abgesetzten Buchstaben
deinen Namen auf ein großes Blatt —
sobald die Tinte getrocknet ist,
schmeckt das Wort nach deiner Haut

Kalenderliebe

einander in vierundzwanzig Adventkalenderfelder teilen —
einmal, um mit der
die ganze Kindheit geübten Ritualgläubigkeit und Messiasgeduld
Fenster eins vor Fenster zwei und Fenster vier nach Fenster drei
(und daher auch Fenster siebzehn erst nach Fenster sechzehn)
zu öffnen,
die Aufwachen-bis-Aufwachen großen Zwischenräume
durch die Gedenkverzögerung
des fast der Neugierde erliegenden nächsten Kusses zu erneuern
(und sei es dank meiner bzw. deiner
das Geheimnis schützenden Hand)
und zugleich
einen (im Unterschied zu damals) viel zu kurzen Tag
der Betrachtung
des jeweils letzteröffneten Geheimnisses
hingegeben zu sein;
einmal, um (ohne die Numerierung
der um das Tor mit dem Christbaum angeordneten
Spitzbogen- Rundbogen- Doppel- oder Einfachfenster zu beachten)
alle Türen Tore Fensterläden und Dachluken
gleichzeitig aufzureißen
und (ohne uns von den Glocken Hirschen Rodeln ablenken zu lassen)
als vierundzwanzigfache Weihnachtssehnsucht
hinaus und hinein einander entgegenzustürzen
(und einander so
für die vierzigtägige Fastenzeit zwischen allen zwei Küssen
und die Enthaltsamkeit von damals zu belohnen)

daß mir als Kind
vor fünf Blutstropfen im Schnee gewesen ist (gewesen wäre)
als ob ich an etwas, das einmal sein wird, erinnert würde;
daß ich Jahre später
viele Häuser auf eine bestimmte,
mit dem Erlöschen eines Fensters
schon wieder vergessene Konstellation von fünf Fenstern hin
vergeblich geprüft habe (hätte)
und daß ich einen Tag lang in einem Feld
alle Mohnblumen nach einer Fünfergruppe,
die mir noch vor ihrer Entdeckung abhandengekommen war,
durchsucht habe (hätte)
und nach der vergeblichen Hoffnung auf eine gleiche Figur
in Theaterproben in Vogelzügen in fehlerhaftem Papier
viele Abende und Nächte
nach dem Namen des verschollenen Sternbildes
umsonst befragt habe (hätte),
ist seit jenem Morgen wahr,
an welchem ich ihrer aller Vorbild und Nachbild
zwischen deinen Schultern entdeckt habe
und an welchem mir noch im Wiedererkennen gewesen ist,
 als ob ich es eben zum ersten Mal gesehen hätte

oft, wenn wir dieses oder jenes,
entdecken wir, daß es wie das Gedicht darüber ist,
als hätte das aus diesem oder jenem hervorgegangene Gedicht
vorweggenommen, was eben erst geworden ist,
und schreiben oder lesen so unser Gedicht zum zweiten oder ersten Mal

oft, wenn wir dieses oder jenes,
entdecken wir darin ein ungeschriebenes Gedicht
und suchen dann, indem wir dieses oder jenes
in Hinblick auf ein mögliches Gedicht
einem Gedicht entsprechend beibehalten,
uns als ein erstes Wort in das Gedicht zu übersetzen,
auch wenn wir manchmal dieses oder jenes, bis das Gedicht geschrieben ist,
an die Gedichtsbefangenheit verlieren müssen

und oft, bevor wir dieses oder jenes,
sind wir das Glas, in welchem sich
eines von den Gedichten, die ich niemals schreiben werde, spiegelt:
damit wir uns nicht zu Vergleichen werden /
uns nicht in dieser oder jener Zeile,
getrennt durch andere Zeilen,
suchen müssen, sooft wir dieses oder jenes tun,
wissen wir keines von diesen oder jenen Bildern festzuhalten
und werfen sie,
sooft sie uns, sie wollten in Wörtern aufgefangen sein, bedrängen,
zerlegt zurück und sehen manchmal zu,
wie dieses oder jenes der im Stich gelassenen Gedichte
diese und jene Seite unseres Denkens Tuns und Redens
durch uns zu schreiben sucht

unsere Stunde die Stunde,
in der über Nacht der erste Schnee gefallen ist;
in der die Häuser, noch vom Mond erfüllt,
wie Tauben aus dem Schatten treten,
aber ein wunderbares Versehen die Straßenbeleuchtung erhält.
in der die am Schlot unendlich langsam wehende Wasserdampffahne
im Traum die Richtung ändert,
während das Fensterthermometer schon aus dem Tiefschlaf schnellt;
in der die Möwen schon ums Fenster streichen
aber, noch einmal eingeschlafen,
das Wange an Wange zweier Kinder sind.
die Stunde unsere Stunde,
in der die Schreibtischlampe, die noch brennt, bedeutet:
du liest im Schlaf, was ich dir schreiben werde;
in der das Blaugrün der Fabriksgeländeplanken
und das Haustorblau des unbewohnten Hauses
miteinander ins Wasser gezogen zu werden warten,
in der die Straßenbahnen in einer Spielzeugkiste sind;
in der sie noch nicht (und daher noch: niemals)
das erst jetzt an die Lichtung tretende Reh
auf das Autodach binden.

unsere Stunde die Stunde,
in der unser Schutzengel durch eine Stunde
das Gestern mehr noch als das Heute lenkt.

der Abend, aus dem du bei Schneefall getreten bist,
mit mir diesseits und jenseits des Abends zu sein,
war ein Abend mit Schneefall gewesen
und ein Abend mit einer Rodel im Schnee —
kaum daß du aus dem Abend trittst,
mit mir einer Rodel nachzusehen,
sehen wir uns einen Augenblick an,
um dann der Rodel nachzusehen, die schon an uns vorüberfährt,
denn es ist Abend diesseits und jenseits des Schnees,
durch welchen eine Rodel an uns vorüberfährt,
und wir sehen uns schnell einen Augenblick an,
ehe die an uns vorüberfahrende Rodel
an uns vorbei in den Schneefall fährt.
und es ist Abend, denn daß wir uns eben erst ansehen,
um dann der Rodel nachzusehen,
dauert so lange, als die Rodel an uns vorüberfährt,
und so sehen wir uns mitten im Schneefall
immer erst jetzt einen Augenblick an,
denn kaum daß wir aus dem Abend in den Schneefall treten,
hat der Schnee im Fallen zu fallen aufgehört

L i e b e s g e d i c h t

zuerst nebeneinander
die Altstadt von Kirchturm zu Kirchturm abgehen
und auf der Suche nach dem anderen
diesen in alle Fassadenengel stoßen,
aber auch die griechischen Jünglinge
zu der Madonna in eine Beziehung bringen.
dann einen Autobus an den Stadtrand nehmen,
einen Waldweg einschlagen,
um die Türme von der Anhöhe zu erproben,
und spätestens, wenn man anstatt eines Fasanes oder Hasen
wenigstens einige Singvögel aufgestört hat,
entdecken,
daß man (ohne jemals im Heu Knecht und Knechtin
oder dergleichen gespielt zu haben)
über das Laub, vom letzten Herbst übriggeblieben,
sich nicht mehr verständigen muß —
sogleich die Erinnerung an ein gotisches (griechisches) Lächeln
im Gesicht des anderen zurückkommen oder versiegen sehen,
was singt dort? mitten drin fragen
bzw.: was singt dort? den anderen fragen hören und hinhorchen
und auch den Baum, unter dem man,
während er schon verschwimmt,
noch identifizieren
und gerade noch benennen können

E n g e l h a r t s z e l l

einem Traumwort / einem Traumsatz / einem geträumten Gedicht,
ehe das geträumte Gedicht / der Traumsatz / das Traumwort zerfallen ist,
ein Denkmal errichten.
Traumwörter, ehe der Tag ihren Kern beschädigt,
in die Erde tun
oder den Umriß eines aus seinem Bild gestürzten Trauminhaltes
zwischen den Händen halten,
bis er, von deinen Ängsten von deinen Wünschen ausgefüllt,
im nächsten Traum, von dir an dich gesandt, dir zufliegt.
die Traumbedeutung von Alltagswörtern,
nachdem du sie noch im Traum als Spielzeug verlorener Erinnerungen identifiziert
und so für den Tag präpariert hast,
zur Benennung eines anderen Traumbildes aufbewahren und,
ehe mit dem nächsten Erwachen der neue Name sein Gesicht verliert,
mithilfe seiner Zweideutigkeit
zum Beispiel bei Engelhartszell
den Fluß in die Donau münden und das Bett der Donau teilen lassen,
schon sind wir Ober- und Unterlauf, Flußbett und Fluß
und schauen, als ob wir uns träumten,
uns dabei zu

sicherlich hast du schon
zwei Tauben gesehen,
die Schnabel an Schnabel
wie Bild und Gegenbild einer naß gefalteten Zeichnung
vor dem Himmel stehen
oder zwei Rehe, die,
nachdem sie die Beschreibung ihrer Hochzeitsriten
bis auf den letzten Satz bestätigt haben,
um die Traurigkeit von nachher zu bedenken,
eine Kopfwendung lang innehalten
aber hast du auch schon
zwei Esel gesehen,
die in der Nacht zwischen zwei Büschen
langsamer als Honig fließt als sich ein Blatt bewegt
einander lieben,
daß du meinst,
es seien zwei Engel, die,
ihre Heiligkeit zu erproben,
in Entrücktheit als Nächstenliebe wetteifern?

T r a n s f i g u r a t i o n

kein Geburts- und kein Sterbehaus,
kein „Einsturzgefahr, Betreten verboten" —
im Hof ein tropfender Wasserhahn
(sein Tropfen auf einmal der Puls, wenn wir oben angelangt sind,
miteinander redend hinüberzutreten)
und hinter einer Fensterscheibe mit der Staubinitiale E.
auf einem Polster mit dem Staubzeichen E.
ein Schneeglöckchenstrauß

„Einfahrt freihalten" über der Tür,
„auch am Samstag und Sonntag" mit zwei Rufzeichen hinzugefügt —
ich rufe dich täglich an, ich rufe alle Tage nach dir
und so bin ich von dir bewohnt,
nicht nur einen (vergangenen) Samstag und Sonntag
und nicht von Verboten,
aber das zweifache Rufzeichen stärkt meine Zuversicht:
schon ist die ausgebleichte Schrift und die verstellte Tür
nur eine Wolke vor Elias,
und die Angst, mit dir ein Gebot zu übertreten,
stürzt ein

links der Tür aus Rost die Botschaft
„erster Stock Uhrmachermeister, Absolvent von Karlstein" —
was, wenn wir auf dem Weg von oder nach Karlstein,
über das wir, die Absolution zu empfangen,
nie zu sprechen haben werden,
uns zum ersten Mal gesehen und sofort,
um miteinander mit Elias zu reden, wortlos die Bahn verlassen hätten —
es gäbe vielleicht keine Bahnhöfe mehr,
auf denen, die Trennung zu tilgen, die Armbanduhr stehenbleibt,
und die Tafel des fortgezogenen Uhrmachermeisters
kein blindes Prophetenangesicht

rechts von der Tür, östlich von Karlstein,
das wir nie miteinander betreten haben und nie betreten werden,
unter der Verheißung „Schlüssel aller Art, prompt und billig"
hinter Glas eine Reihe immer größerer immer kleinerer Schlüssel
als Devotionalienorgel des Himmelschlüssels,
der allem zu jedem Zutritt verschafft —
doch der Staub an den Scheiben der Zweifel an der Bewohnbarkeit unserer Zweifel
und das Tropfen im Hof
der Nachhall eines gedankenlos erwiderten oder versäumten Eliaswortes
trotz dem noch immer beschleunigten Puls

aber dann ober dem Dach
des Wasserhahns der Schneeglöckchen und der Tür
die Kirchturmuhr mit den geflammten Zeigern —
zwei Sterne ziehen, indem sie einander suchen
und, da ihre Mitte verbunden ist, in jeder Konstellation auch finden,
durch den himmelblauen Himmelskreis,
und wenn sie sich decken, wie jetzt zehn Minuten nach zwei,
ist eine kleine Sonnen- und Mondfinsternis,
und wenn sie einander gegenüberstehen, wie fünfzehn vor drei,
reden sie für uns mit Elias

N ü s s e

am Morgen nach der Nacht, in welcher ich
aus einer anderen als deiner Hand,
sooft ein Fenster aufging, Nüsse nahm,
sah ich ein Fenster eines ausgebrannten Hauses offenstehen
und in dem Bach, braun wie von frischen Schalen,
zwei Krebse rückwärtsgehen

am Morgen nach der Nacht, in welcher mir
in einer nie betretenen Gasse
jede geknackte Nuß die Wiederholung unseres Abschieds war,
sah ich die Zwetschken wie eine Festung nach der andern fallen
sah ich zertretene Nüsse auf der Straße liegen
und auf dem Feld Kains Rauch zu einem Laubbaum sich verzweigen

am Morgen nach dem Schlaf, in welchem ich
an deiner Seite nach einer anderen Hand gegriffen hatte,
um nie betretene Traumvorratskammern aufzutun,
las ich aus jeder Nuß
wie aus der Hand, die Zwetschken pflückte Nüsse klaubte,
‚Abschied' und ‚Traumverrat'

am Morgen nach dem Traum, in welchem ich
in allen Nüssen einen Vorwand sah,
nach einer anderen als deiner Hand zu greifen,
sah ich ein rotes Zeichen an dem Baum,
den, da er keine Nüsse trug, der Bauer durch die Wiese schleifen würde,
sah ich in jedem Baumstumpf die zu spät durchtrennte Hand

am Morgen nach dem Traum, in welchem ich
in nie betretenen Gassen deine und deine Hand verwechselt hatte
und ohne Vertrauen zu der Nuß, die, aufgetreten, die Schale um die Wunde schließt,
die Kälberschnauzen von den Zwetschken stieß,
erschrak ich vor der Waage in der Hand der Kopftuchfrau,
die, als ich ‚ein Halbes Zwetschken!' sagte,
Nüsse und Nüsse in die Schale warf,
bis sich die Schale auf den Boden senkte und so für mich gestand

einige Nächte nach der Nacht, in welcher ich
in einer nie betretenen Gasse,
ehe ein Fenster aufging, schon vergessen hatte,
daß Schale und Nußkern eins sind,
daß es ein Öffnen ohne Schließen gibt,
schloß ich das Fenster nach dem ersten Schrei,
da sie, um ein Geständnis zu erpressen,
die Nüsse quetschten, bis sie splitterten

Kapuzinerberg

warum nicht miteinander den Waldlehrpfad entdeckt:
vor der Eiche und erst recht vor der Lärche
(‚is rather intolerant of shade' / ‚is very intolerant of shade')
hätten wir unserer Empfindlichkeit als gottgewollt verziehen,
ich hätte die Tafel ‚the most impressive European tree'
vor dich gerückt und dafür mich
als eine ‚sehr seltene Mutation der Buche mit eichenartiger Rinde'
von dir bezeichnen lassen.
wir hätten Erklärungen wie ‚treiben aus sogenannten schlafenden Knospen'
als Zeilen eines Liebesgedichtes wiedererkannt
und mit kleinen Abänderungen die (stolze) Aussage
‚mehr als jede Pflanzendecke kann der Wald den Niederschlag zurückhalten,
den Abfluß verzögern und Hochwasser verhindern'
in bezug auf unser Lieben und unsere Liebe gelesen,
und vor dem ‚Baum der nordischen Mythologie'
(‚bevorzugt die lichte Umgebung von Bächen und Flüssen und benötigt gute Böden')
hätte ich dir mehr Sanftmut und Heiterkeit versprochen
und dir voll Sorge dicke Socken gekauft —
so aber habe ich, um wie viel schwerer noch
zu vergessen als zu verzeihen ist
(‚braucht der Baum viele Jahre,
die Wunden, die durch Rindenschnitzen entstehen, zu heilen'),
ja die Unüberwindbarkeit der einen Enttäuschung
(‚the frost crack along the tree
resulted from rapid cooling and contraction of the bark and outer wood')
bestätigt bekommen,
den ‚Chinesenbart' als Abart des ‚unheilbaren Wundgewebes' durchschaut,
das sich um die Äste der Träume schlingt und, je tiefer der Schlaf ist,
desto näher am Herzen entspringt
(doch zuletzt der gerechteren Behauptung
‚everything is poisonous except the scarlet-red fleshy part of the fruit'
vor einer Eibe zugestimmt)

um alle Rosen für uns wahrzumachen,
wollen wir vor jedem neuen Gedicht
allen Rosen den Namen entreißen
und uns in dem entleerten Wort
auf ein Wiedererkennen niederlassen
oder wenigstens jede Rose, die vor uns verblüht ist,
als eine Zeile der uns gestohlenen Liebe lesen
und zwischen uns eine Rose als Traumbild des Wunsches,
von dem anderen berührt zu werden,
liegen haben,
wollen wir zum Abschied uns ganz schnell
auf die Wange beliebiger Rosen küssen,
aber die Trennung so heftig beenden,
daß die Blätter der Rose mit einem Schrei auseinanderfallen,
und uns statt eines Vorwurfes
die Dornen in die Hände drücken —
oder wollen wir doch nur die Anordnung der Rosenblätter
in die letzten Worte vor dem wortlosen Zustand
zu übersetzen suchen?

Karli liebt Inge,
hat ein Finger der Staubschicht eines Volkswagens
in Blockbuchstaben anvertraut.
Karli liebt Inge!
wiederholst du mit Anteilnahme und Verwunderung
den Wortlaut des Geheimnisses,
das sich dir aus düsterem Himmel aufgetan hat.
Karli liebt Inge —
möge die Inschrift, auch wenn ihre Botschaft noch in dir zittert,
von der Unverletzlichkeit Begreifbarkeit und Dauer
der Aufschriften wie ‚Zufahrt gestattet!' sein!
Karli liebt Inge —
möge dieser eine Karli / irgendein Karli
seine / eine Inge lieben,
auf daß erfüllet werde die Schrift,
in den Stoff der Vergänglichkeit geschnitten,
wenn selbst eine Amsel mit ihrer Liebe den Autolärm durchdringt.
Karli liebt Inge —
möge ihm das Wunder, das ihn
(damit er, von diesem bis ins Mark getroffen, darüber nicht den Verstand verliert)
sich gleichsam als Bezogenheit auf das Mädchen
(zu welchem ihm sein Ich davongelaufen ist)
zärtlich wie das Mädchen von außen beobachten und erleben läßt,
noch so wunderbar sein wie der Satz, aus welchem es spricht.
Karli liebt Inge —
möge (daß der Satz nicht verjährt ist)
der Staub nicht älter als einen Tag sein,
möge daher an dem Finger noch Staub sein!
Karli liebt Inge —
möge den sehr jungen Mann kein Regen
sein erstes Geständnis vergessen / widerrufen machen;
möge ihm der Besitzer des Volkswagens nicht den Satz entführen,

damit er (wenn er in der Nacht, sich zu vergewissern, daß alles wahr ist, aufsteht)
die Glückseligkeit der Selbsterkenntnis
nicht geträumt haben muß.
Karli liebt Inge —
möge der Autofahrer (unfähig, eine solche Erkenntnis zu tilgen)
den Satz
(ob nun das Auto zu diesem Zweck gewählt worden ist,
ob höherer Zufall im Spiel ist,
ob der Schulweg von solchen Erleuchtungen verklärt ist)
möglichst bald in der Straße parken,
in welcher das Mädchen (da es dann wirklich weiß, was es geahnt hat)
das sich selbst anvertraute Geheimnis um das Geheimnis
‚und Inge liebt Karli'
ins Unermeßliche vergrößern und zugleich teilen wird,
sodaß der Volkswagen nicht mehr zurückfliegen muß.
Karli liebt Inge —
oder möchtest du glauben,
daß trotz der zärtlichen Verkleinerung des Namens
ein drittes Kind die Lächerlichkeit, die es aufgespürt hat,
dem Spott der anderen preisgibt?
Karli und Inge werden, wenn nur die Nachricht des Verräters recht hat,
das Gelächter ertragen.
Karli liebt Inge!
wahrscheinlich mußt du, daß ein dritter die beiden denunzieren will,
nur deshalb befürchten,
weil ansonsten (allerdings ohne den Schmelz dieser Blockbuchstaben)
in dem Staub von Autos und Fensterscheiben
meist nur
— zynischer Wahrheitsbeweis —
‚Dreck' oder ‚Sau' oder beides
oder eine Nachricht wie ‚Karli ist ein Trottel' / ‚Inge ist eine Hur'
geschrieben steht

III

kein Gedicht,
das dir von Zeile zu Zeile immer mehr ein Gedicht über Landschaften wird,
deine Absicht, ein Liebesgedicht zu schreiben,
zu erfüllen zwingen,
und daher auch kein Liebesgedicht, ein Liebesgedicht zu bleiben,
wenn es ein Landschaftsgedicht werden will —

besser, du stattest jedes deiner Landschaftsgedichte so aus,
daß es je nach seiner Tagesverfassung oder der Erwartung des Lesers
auch als Liebesgedicht in Erscheinung treten kann

noch besser, du läßt jedes Gedicht von Zeile zu Zeile selbst entscheiden,
wie es die ihm zur Verfügung gestellten Landschaften
wie es die seinen Vokabeln eingeschriebene Liebe
gebrauchen will

am besten, du läßt solche Gedichte entstehen,
die, da sie sich weder für eine Landschaft noch für deine Liebe entschieden haben,
ohne nähere Bestimmung Landschaft
ohne Einengung Liebe
 (nur) Gedichte sind

Gedichte sind Flugblätter,
in der Sprache an sich selbst gerichtet,
die, da sie die Sprache des Lesers zu sein vorgibt,
nie einer zu entziffern suchen wird —

was sonst kann Gegenstand des Gedichtes sein als die Frage,
wie aus dem Gegenstand eines Gedichtes ein Gedicht werden kann
was sonst kann die Aussage eines Gedichtes sein als die Nachricht,
daß alles, was ausgesagt werden wollte,
von dem Gedicht aufgebraucht worden ist

R o s e

weder eine Rose zwischen zwei Seiten pressen (und ihr so ein Gedicht nachbauen)
noch anderen ein Bild von ihr machen,
sondern nur in dem Wort Rose das Gedicht Rose freilegen wollen —
aber kaum ist das Wort hingeschrieben,
steigt aus ihm der Geruch,
der sich in seinen Silben festgesetzt hat,
setzt sich aus den Geisterblättern des Namens
die Rose zusammen, die, längst in Staub zerfallen,
jetzt erst eine Rose wird,
kehrt in das Lautbild
(je nachdem, ob du die Rose in eine erste oder in eine letzte Zeile
als erstes / letztes Wort gesetzt
oder mitten unter anderen Wörtern entstehen lassen hast)
d i e Rose zurück,
in welcher du einmal deine Bewegung über etwas anderes erkannt hast
und/oder welche dir jetzt erst zu deiner ersten Rose wird,
oder die, der du zum ersten Mal
in einem Gedicht oder Lied als einem Bild für etwas,
wofür nicht die Rose selbst, sondern nur ihr Bild ein Zeichen ist,
begegnet bist,
schon ist dir das Wort ein Zeichen für das,
was die Rose von den Rosen in deinen Gedichten unterscheidet,
und bald ruft das Schattenbild deiner Vorstellung Rose
manchem, der bei dir ‚Rose' liest,
nach einer oder einigen seiner Rosen
d i e Rose auf, der er als der Rose eines Dichters wie Papierrosen mißtraut:
selbst in einem Gedicht über die Rose in Gedichten
kannst du nicht umhin,
das, was eine Rose ist, auszubeuten

Schwäne

ein Dichter sein,
wenn einem nicht zufällig
Zufälle als Anlaß willkommen sind,
sondern wenn, von der Vorsehung veranlaßt,
dir zuhilfezukommen, dir weiterzuhelfen,
immer wieder das einzig Richtige
am rechten Ort zur rechten Zeit geschieht

der schwarze Schwan zum Beispiel,
der, weil du gerade an einer Traumgeschichte
über zweierlei Schwäne schreibst
und nicht weiterweißt,
um Mitternacht
— was Schwäne niemals tun —
den Donaupark verläßt und in die Großstadt fliegt,
bis zu einem zehnten Stockwerk steigt
— wie hoch Schwäne niemals fliegen —
und — was noch nie ein Schwan getan hat —
eine Fensterscheibe und eine Metalljalousie durchstößt,
um sich mit einem geknickten Flügel
— was niemals wieder ein Schwan tun wird —
vor dem Bett des Stellvertreters des Schläfers,
welchen du ungewöhnliche Begegnungen mit Schwänen

halluzinieren lassen hast,
niederzulassen,
damit jener mit der Angst,
welche du,
ohne daß dir ein genügend traumhafter Anlaß eingefallen wäre,
bereits beschrieben hast,
schon mehr in deiner Geschichte als in seinem Zimmer
aus dem Schlaf schrickt,
wozu nie mehr ein Schwan, und sei es ein geträumter,
einen anderen Schläfer veranlassen wird

(und dieser eine Schwan hätte, weißt du,
wie nie zuvor und niemals wieder ein anderer,
und sei es als weißer Schwan,
für dich am Fenster zerschellen,
von einer Lamelle der Jalousie die Halsschlagader durchschnitten bekommen
oder brennend in das Bett stürzen müssen,
wenn deine Geschichte ein solches Detail gebraucht hätte,
wenn sein dir zuliebe gebrochener Flügel
dir erklären zu helfen,
welcher Art die Gewissensbisse eines Dichters sind,
nicht ausgereicht hätte)

Jagdprüfung

zuerst auf einer Wiese (dann am Schreibtisch)
einen Hirsch auf der (auf einer) Wiese sich vorstellen,
dann mit der Vorstellung Waffe
auf die Vorstellung Hirsch anlegen,
um auf die Vision Hirsch
mit dem Begriff Waffe zu zielen.
dann entweder die Abstraktion Hirsch
mit dem Wort Waffe treffen
oder den Hirsch aus einem Jägerlied
(die vor einem Gasthof ‚Zum goldenen Hirschen'
erneuerte Erinnerung an einen wirklichen Hirsch)
mit dem Firmennamen (Spitznamen) einer berühmten Waffe
(mit der im Begriff Waffe enthaltenen Idee Waffe)
erlegen,
ehe man die Sache Hirsch
von der Sache Waffe töten läßt

W a l d

einen Wald inmitten eben dieses Waldes zu beschreiben
oder die Beschreibung eines Waldes inmitten des beschriebenen Waldes vorzulesen,
ein kleiner Ersatz dafür,
daß ein noch so gut beschriebener Wald
nicht der wirkliche Wald werden kann;
daß die dank der Versenkung in die Beschreibung Wald
entstandene Vorstellung Wald
nicht plötzlich wie der Wald in der Beschreibung zu rauschen beginnt,
nicht wie der wirkliche Wald rauscht und riecht

das Bild Wald, aus der Vorstellung
auf die Hinterseite der Beschreibung Wald gemalt
und in diesem einen Wald aufgehängt,
ein kleiner Ersatz, daß es keinen Wald gibt,
der, indem er zugleich
Wort und Bild, Sache und Zeichen, Vorstellung und Beschreibung wäre,
nicht nur
das Wort und den Begriff Wald, die Vorstellung Wald und das Bild Wald,
sondern auch
das Zeichen Wald die Beschreibung Wald und den realen Wald
als Wald und Wälder in sich vereinigt

aber kein noch so schöner Wald,
sei es ein wirklicher, sei es ein wiedergegebener, sei es ein gedachter,
ein Trost dafür, daß es keine Möglichkeit gibt,
die Sache als das, was sie ist, zu ihrem Bild zu machen;
daß die mögliche Vorstellung Wald, von einem Zeichen Wald aufgerufen,
zu ihrer Verwirklichung einen weiteren Sprung tun muß als die,
aufgerufen von dem Wort

Äpfel

vielleicht müßtest du längere Zeit
‚Apfel' wieder nur dann zu sagen (zu denken) trainieren,
wenn ein Apfel da ist,
oder dir nur dann einen Apfel zu wünschen,
wenn du das Wunschbild sogleich mit einem wirklichen Apfel belohnen darfst,
damit du wieder das Wort in die Luft werfen und,
bei der Vorstellung Apfel in die Hände klatschend,
einen Apfel auffangen kannst;
um endlich wieder ApfelApfelApfelApfel!
so schnell hintereinander in die Luft zu rufen,
daß dir einer auf den Kopf / aus den Händen fiele,
oder daß du wenigstens wieder, indem du das Blatt
mit dem daraufgezeichneten Apfel auseinanderrissest,
einen mit dem Bruder gerecht geteilten Apfel essen würdest.

vielleicht hättest du als Kind lange Zeit nur vor Äpfeln
‚Apfel' gesagt und gedacht haben dürfen,
damit dir heute nicht schon vor manchem ersten Biß in einen Apfel
von der Vorstellung nur das Wort übrigbliebe;
daß du nicht mit dem einige Stunden unerfüllbaren Wunsch
wie ein Vogel einen wirklichen Apfel
nach der Vorstellung den Begriff und dann auch das Wort aushöhlen müßtest.

vielleicht hättest du, als du in der Schule
‚apple' zum ersten Mal geschrieben sahest,
sofort in einen Apfel beißen sollen, statt dank dem gleichen Zutrauen
zu dem englischen wie zu dem deutschen Wort
an einem noch leeren Zweig einen neuen Apfel aufzuhängen,
denn nun mußt du manchmal,
um dir die Vorstellung / um dir den Begriff Apfel zu verschaffen,
den Wunschbefehl ‚ein Kilo Äpfel, bitte!' bei dir sprechen,
mußt du oft, um mit dem Wort die Sache

und mit der Sache das Zeichen zurückzukaufen,
dich des Apfelbaumes aus deinem ersten Buch erinnern,
dessen Äpfel doch nur der Leiter des Buchstaben A
als ah!-Anlaß dienen sollten,
begreifst du manchmal erst, was ein Apfel ist,
nachdem du als Ausländer: ‚Apfel? ich weiß nicht, was das ist!'
vor leeren Körben gesagt hast,
und manchmal vor dem Zeichen das Wort erst als ein Blinder,
der zum ersten Mal einen Apfel berührt.

vielleicht aber hättest du, genauso wie du als Kind
die Äpfel nicht nach Sorten unterschieden
und nie einen Apfel geviertelt hast,
niemals Sache / Begriff / Vorstellung / Bild- und Wortzeichen
trennen dürfen,
damit dir ohne Zuhilfenahme des Gedankens,
diese wie jene Äpfel würden bald gegessen sein,
nicht auch die Äpfel auf dem Baum
andere als die in der Wiese
und auch diese nicht etwas anderes
als die Äpfel in den Körben wären.

El Greco

hat El Greco seine Figuren gelängt,
um ihnen ekstatische Körperlosigkeit zu geben,
oder hat er aufgrund einer anomalen Wölbung der Hornhaut
den Kardinal Großinquisitor, wie er ihn gemalt hat, gesehen?
hätte El Greco,
wenn die Diagnose ‚Astigmatismus' stimmte,
wie seine Heiligen nicht auch die von ihm gezogenen Linien
verzerrt gesehen und daher jene richtig wiedergegeben?
hätte El Greco,
wenn die Verzerrung bei Nahsicht und Fernsicht ungleich gewesen wäre,
mehr als andere Maler dem Auge zu mißtrauen gewöhnt
(er hätte als Kind die wahre Wölbung der Mutterarme ertastet
und dank dieser Erfahrung lange, bevor er sie sah,
die scheinbar windschiefe Klosterpforte
im Widerspruch zu dem empfangenen Bild richtig zu sehen erlernt),
bei der Entstehung seiner Bilder sich nicht erst recht
seiner die Abweichungen berichtigenden Hand anvertraut?
hat El Greco, wenn er wirklich astigmatische Augen hatte,
die vor dem Grafen Orgáz erlebte Verzerrung nochmals verzerrt,
um die Anderssichtigen seine Wirklichkeit sehen zu lehren,
oder hat er außer an Astigmatismus auch an Kurzsichtigkeit gelitten,
so daß er, da er den Grad der stauchenden Verzeichnung überschätzt hat
— wie hätte er die Heiligen betasten dürfen! —,
den vom Kreuz Genommenen zu sehr gestreckt hat?
oder könnten Astigmatismus und Kurzsichtigkeit
so extrem gewesen sein,
daß er, um sich für den Anblick der gedrungenen Mönche und Adeligen
mit einem konträren Bild zu entschädigen,
diese bis zur Höhe eines Turmes strecken wollen hat,
nur daß er dies,
da die Anomalie seine Befürchtung übertroffen hat,
nicht erreicht hat?

Löffel

der, welcher diesen Löffel geschnitzt hat,
muß Plato gekannt und geliebt und mit seinem Löffel
gegen Wilhelm von Ockham gekämpft haben,
ja sein Löffel kann nur der sein,
von welchem Nikolaus von Cues' Laie in dem Dialog über den Geist spricht —
gewiß hat der Schnitzer, indem er ein Stück Holz
immer mehr zu einem Löffel werden
und mit der Gestalt eines Löffels
nach und nach den Namen Löffel annehmen ließ,
weder ihm bekannten Löffeln nachgeeifert
noch einen neuen zu erproben gesucht
und gewiß auch nicht zufällig diesen einen Löffel zustandegebracht:
denn hätte der Schnitzer während einer namenlosen Vorstellung von ‚Löffel'
seinen das Holz für eine bestimmte Verwendung verändernden Händen zugesehen,
so hätte er den Augenblick, in welchem in dem Stück Holz
Älteres sichtbar wird als das,
was die einzelnen Löffel im Begriff verschwistert,
nicht wahrnehmen und daher diesen Löffel nicht schnitzen können —
der Schnitzer hat sich, wie dieser Löffel beweist,
zu dem Glauben bekannt, daß der Begriff
der der Idee von den Menschen verliehene Name ist,
und während des Schnitzens nie bezweifelt,
daß nichts von einem Löffel in einem Holz sein könnte,
wenn nicht lange vor dem ersten Löffel
das Urbild Löffel gewesen wäre;
daß nur das von einem Löffel in dem Holz sein könne,
was lange vor dem ersten Löffel
schon als Löffel existiert hat,
und daß der Name als Stellvertreter der Idee
von einer wunderbaren, das Bezeichnete zugleich bedingenden Realität sei:
so hat er in seinem Löffel
zwar nicht den Löffel an sich, aber dessen Schattenbild freilegen können

L a s   M e n i n a s   (D e t a i l   I)

nachlesen, ob Velázquez
seine Aufnahme in den Ritterorden von Santiago
— immerhin mußten zweihundert namhafte Unterschriften bezeugen, daß er nie
für Geld und nie in einem Atelier gearbeitet habe, wenn er schon die andere
Bedingung, der Bewerber müsse Adeliger sein, noch weniger erfüllen konnte —
so eifrig betrieben hat,
um Mitglied des besonders angesehenen Ordens zu werden,
oder vor allem, um von dem Recht,
sich das Ordenszeichen (mehr Schwert als Kreuz)
aufs Kleid zu sticken, Gebrauch zu machen,
bzw. ob er, als er endlich Ordensritter war,
das längliche Kreuz mit einem Herzen als Knauf,
sobald es mit roter Seide auf sein Wams gestickt war,
auch seinem Selbstportrait
auf dem Gruppenbild ‚Die Infantin mit ihren Hofdamen'
hinzugefügt hat
oder ob er die Fertigstellung des bis auf seine Brust vollendeten Bildes
für den großen Tag sich aufgespart /
trotz den Mahnungen des Königs bis zu seinem großen Tag hinausgezögert hat;
ob der König wenigstens in der Legende

— so wie Karl V.
den Tizian aus der Hand gefallenen Pinsel aufgehoben haben soll —
eigenhändig mit zwei Pinselstrichen
dem Gemälde das Ritterkreuz verliehen hat
oder ob Velázquez im Vertrauen auf seine Verdienste
lange, bevor er die Urkunde entgegennehmen durfte,
etwas größer und stärker geflammt,
als es auf das wirkliche Wams gestickt werden würde,
das Zeichen der Ordensritter von Santiago
heimlich auf der linken Brust abgebildet hat,
ja ob er — die kleine Infantin / die Erfreuung des Königs ein Vorwand —
überhaupt nur dem Kreuz mit der Spitze eines Schwertes zu Ehren
„eine der bedeutendsten Kompositionen der abendländischen Malerei"
angefertigt hat —
mein Bruder Peter jedenfalls hat,
ohne ‚Las Meninas' je gesehen zu haben
(und daher von der Frage eines anderen Touristen
‚was ist das für ein Kreuz?' nicht irritiert),
ehe er die voraussichtlich einzige, aber gräfliche Gams seines Lebens zu jagen
in die Steiermark fuhr,
stolz wie Velázquez auf die ihm zuteilwerdende Ehre
den Präparator zwei Gemsenaugen bestellen lassen

Las Meninas (Detail II)

könnte das, was innerhalb eines Rechtecks
an (vor) der hinteren Wand
als König und Königin zu erkennen ist,
ein Doppelportrait bedeuten?
kaum, denn dann hätte Velázquez,
der zwar mehrere Male auf seinen Bildern
ein Bild oder mehrere Bilder wiedergegeben hat
— sei es das Spiegelbild einer in den Spiegel blickenden Dame,
  seien es (stolze oder selbstlose Genauigkeit)
  Gemälde seiner selbst oder anderer Meister,
  sofern sie sich an den Wänden des dargestellten Zimmers befunden haben,
  sei es die die Entstehung von Las Meninas signalisierende Staffelei
  innerhalb der auf dem eigentlichen Bild dargestellten Szene —,
das einzige Mal ein imaginäres (fiktives?) Doppelportrait gemalt,
nämlich eines, das nur als verkleinerte Wiedergabe
des nie gemalten Bildes existieren würde,
und hätte für diese Fiktion
das Königspaar mißbraucht.
könnte das, was man im Hintergrund von Las Meninas
als Königspaar erkennt,
nicht die Vision des Malers von denen bedeuten,
zu deren Freude ihm die kleine Infantin gelingen möge,
die bildhafte Vorstellung von denen,

die er im Gesicht der Kleinen zu entdecken sucht?
im Katalog des Prado heißt es mißverständlich
‚El retrato de Felipe IV y Doña Mariana este se ve en el espejo‘:
im Hintergrund daher
entweder das Spiegelbild des Königs und der Königin
— daß in diesem Fall der Betrachter des Bildes
  ungefähr an den Platz des Königs oder der Königin treten würde
  und der Maler, indem er jeden Beliebigen sein Spiegelbild
  über das des Königs und der Königin werfen ließe,
  eine Majestätsbeleidigung beginge, kaum ein Einwand,
  da Velázquez das Bild für den König gemalt hat —
oder das Spiegelbild eines imaginären Bildes
— wodurch die Fiktion als Wiedergabe einer Fiktion
  ins Erlaubte verkleinert würde —.
und während wir dies auf der Straße erörtern,
hinter einer spiegelnden Fensterscheibe
ein rosa und hellblauer Hortensienstock —
da weiß ich,
König und Königin sind deshalb verschwommen,
denn sie schauen,
die Szene nicht zu stören,
durch ein geschlossenes Fenster ins Zimmer herein
(Velázquez und die kleine Infantin betrachten,
indem sie scheinbar dem König bzw. mir entgegenblicken,
ihr eigenes Spiegelbild)

noch zehn Jahre, nachdem du sie gesehen hast,
fragst du dich,
inwiefern diese Teekanne
weit mehr das allen Teekannen Gemeinsame
als eine bestimmte Teekanne ist,
wie sie diese eine Teekanne geworden
und trotzdem eine so allgemeine Vorstellung von Teekannen geblieben ist,
daß in dieser einen Teekanne
die Teekanne an sich sichtbar wird,
ja noch mehr, wie sie als Teekanne an sich
auch noch die Rundung an sich enthalten kann:
ob sie sowohl die bestimmte Rundung gewordene Rundung der Teekanne an sich
als auch als Rundung an sich eine Teekanne ist,
inwiefern die Idee der Rundung
als konkrete Rundung sie selbst bleiben kann;
ob das damit zu tun hat, daß diese Teekanne aus Korea,
Erinnerung an die Vorahnung ihrer selbst,
die Abstraktion einer Zuckermelone ist

Poetische Handlungen

eine Rose als Geisel entführen
den Rosenduft live übertragen
auf den Tisch des Abendmahles das Abendmahl malen
für jede vom Reif versehrte Rose zehn ... an die Wand stellen
mit einer Taube die Ringe wechseln
in einen Apfel die Geschichte der Menschheit schneiden
eine Panzerarmee
vor einer am Straßenrand liegenden Rose kapitulieren sehen
alle Bibliotheken nach Zeilen, in denen ein Apfel geteilt wird,
durchsuchen und die Hälften in einem neuen Buch zusammenführen
in Reims mit einer Rose getraut zu werden erzwingen
während der Exekution einer Mauer ohnmächtig werden
über den Ausgang des dreißigjährigen Krieges
zwischen WEISSER und ROTER Rose (zwischen ‚Weißer Rose' und ‚Roter Rose')
Wetten abschließen
stigmatisierte Tauben züchten
eine Taube, eine Rose im Schnabel,
in der Luftschlacht eine Wendung herbeiführen lassen
um die Asche einer Rose in den Ganges zu streuen,
allen Besitz verkaufen

Italien

immer wieder in den ersten Stunden Italien
die Zugsansage durch den Lautsprecher
eine Rede Mussolinis über die Stärke seiner Divisionen
oder die Botschaft des Papstes knapp vor dem Jubel,
und das Pin-up-girl auf einer Ansichtskarte
unter anderem Lichteinfall eine Madonna im Grünen.
in den ersten Stunden Italien gibt es, wenn du übernächtig bist,
Blutorangen auf dem Devotionalienmarkt,
ist das vor dem Mailänder Dom ausgestellte Spielzeug,
sobald sich der Schlüssel in seiner Seite dreht,
Bellinis Auferstandener aus Plüsch,
der, mehr somnambuler Toter als zum Leben Erwachter,
den Kleinen entgegenwankt,
wird von einem Motorrad mit römischem Kennzeichen
Niedergestoßene, von den heidnischen Zuschauern umringt,
mit dem in die Kopfwunde getauchten Finger
‚credo in Jesum Christum' aufs Pflaster schreiben,
rast das Auto der Blutkonservenzentrale um das wundertätige Bild.

aber selbst wenn in den ersten Stunden Süditalien
kein Kind der Marktfrau
für dreihundert Lire nach Veilchen riechendes Blut zu schwitzen
dir angeboten hat,
kann es dir noch am dritten Tag passieren,
daß du in einem Schließfach auf dem Bahnhof von Rom
den Staub eines Katakombenchristen zu entdecken erwartest,
daß du in Padua, ohne das internationale Verkehrszeichen zu erkennen,
der Inschrift ‚Senso unico' zu einer ‚Kirche der Eintracht' folgst,
daß die Tauben, die sich in Perugia
gegenüber deinem Hotel niederlassen,
dich zu dem Heiligen, der den Tieren predigt, machen,
oder daß du vor der in die Wand gebauten Seifenablage
eines Badezimmers in Florenz
der sacra conversazione
zwischen Seifenschaum Seife und Wassertropfen
vor einer Altarnische lauschst.

Letzte Gedichte

als letztes ein Gedicht schreiben,
dessen jede Zeile
— wie Zweige, die als Blätter eines zweiten Strauches
  die Wurzeln eines dritten sind —
die letzte Zeile eines anderen Gedichtes ist;
in welchem alle ungeschriebenen Rosenworte
— Rose geblieben, nicht Rose geworden —
mit der Zeitrafferwirkung eines neuen Rosenwortes
von Zeile zu Zeile verblühen und zugleich,
da Rosenuntergang ein Synonym für Rosenaufgang wird,
wenn man das Gedicht von unten nach oben liest,
in der Zeitlupensprache der durch die Wörter ‚Zweig' oder ‚Blatt' getrennten Rosen
von Zeile zu Zeile aufblühen
und immer aufblühen und verblühen,
bis die Evangelienharmonie aller Rosen
durch die Vermischung aller Rosen in Gedichten
mit all den Rosen, die ein Gedicht geworden sind, erreicht ist

und als allerletztes ein Gedicht,
dessen jedes Wort
eine Rose ist, die sich schließt, bevor sie blüht;
dessen jede Zeile die letzten Worte eines Gärtners sind,
die, da er wie der Dichter, der ‚Rose' sagt, anderes gesagt als gemeint hat,
als fremde Rosen im Zimmer stehen;
dessen jedes Wort ein letztes Wort ist,
da es schwer zu begreifen ist,
warum der Dichter, schon im Weggehen,
. . . ., Rosen? . .
gefragt hat

INHALT

Bisherige Veröffentlichungen von Jutta Schutting:

„IN DER SPRACHE DER INSELN", Lyrik (Otto Müller Verlag)
„TAUCHÜBUNGEN" und „PARKMORD", Prosa (Residenz Verlag)